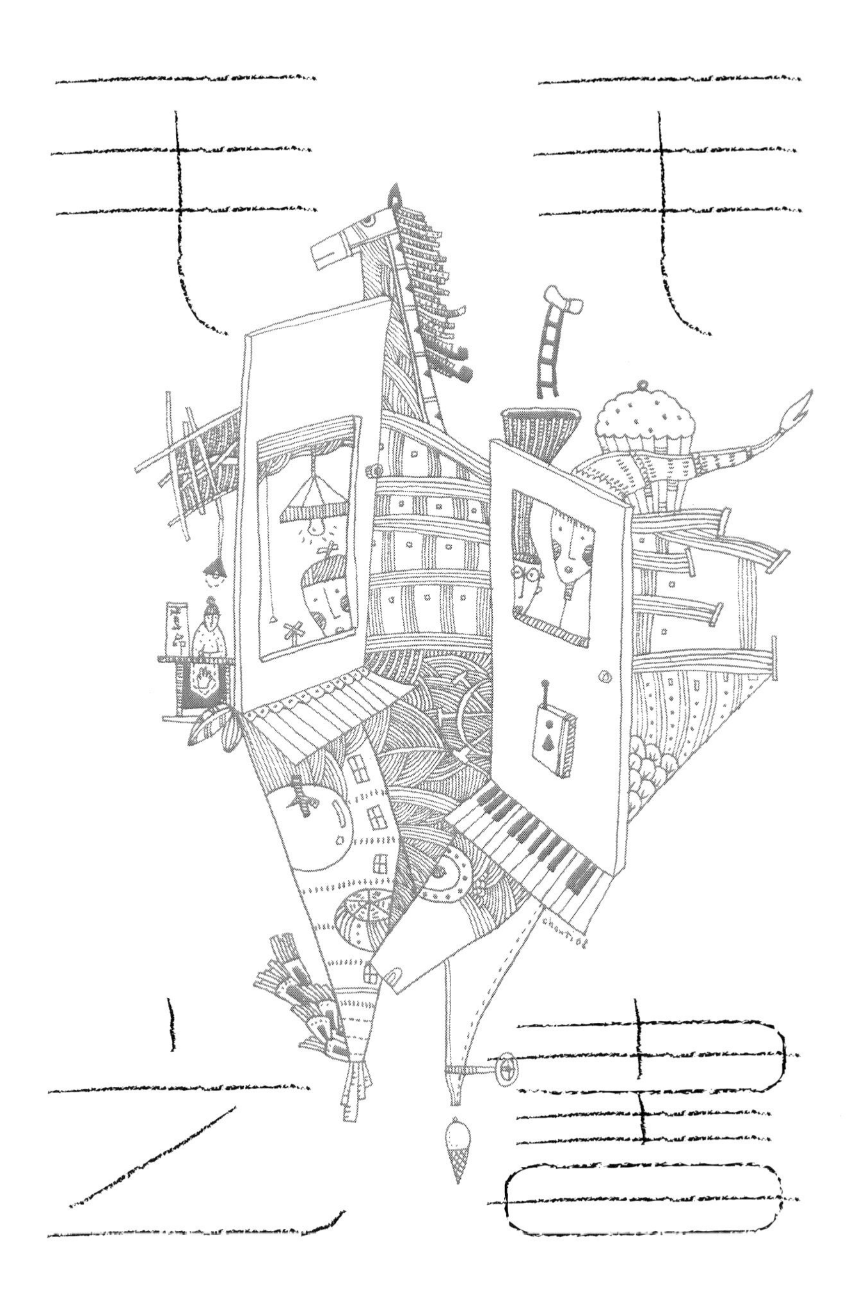

～ 獻給所有可愛的人 ～

以及我的家人

25

【繁體版】前言

我在
妳如散文的身體
發現詩的毛髮

《毛毛之書》是我的第一個孩子，二〇〇七年十月出生在馬來西亞，我也是出生於同一個國度，那年是一九七六。

《毛毛之書》是我的寶貝，是我第一次擁抱詩歌的對象，以及談戀愛訴說心事的對象。我們時常在圖書館聊天，在咖啡香氣中談情說

愛，不過也有爭論的時刻，一直到黃昏到老教授快要生氣時，我才放下筆，緘默地抄寫黑板上的功課。

《毛毛之書》是陪伴我最長最久的一本詩集，因為他好讀，容易讀。在從公館坐到圓山的捷運上，去美術館的路上，或站在唐山書店，只要一時半刻就能翻讀完畢。讓字句在體內醞釀他的詩意，帶著甜蜜的感覺走在台北街道，一整天都有好心情。

《毛毛之書》要再版了，由簡體字轉成繁體字，從馬來西亞跨海回到了台灣，像許多大馬歌手、演員前往異地發展歌唱演藝事業。這本詩集也同屬這樣的命運，把他自己交給台灣的讀者，更確切地說，回到他的起源地。

《毛毛之書》迄今仍然是我最喜歡的一本創作集，他充滿著理想、夢想、幻想，記載著書寫時刻的美妙，甚至在裡頭談了一場純純的戀愛，可以這麼說，他是我的初戀情人。

感謝二〇〇七年有人出版社負責人曾翎龍讓這本詩集面市，也感謝釀出版社（秀威資訊）的朋友繼續疼愛我手中的這個寶貝，將他介紹給更多讀者朋友。更感謝一直以來提供如此可愛插圖的抽屜小姐（想不到她現在是兩個孩子的媽了），她的畫給我許多靈感。

感謝我的愛，我在妳如散文的身體發現詩的毛髮。

感謝哲宇哲安，讓我看見以及感受已經失去的童年。

二〇一六年六月二十二日

木焱

【簡體版】前言

關於
毛毛之書

原本我是想當一個小說家，進而奢望成為一個藝術家。我喜歡塗鴉和寫作，這中間理所當然接觸了詩。

《毛毛之書》是我到了台北第三個年頭的短詩結集。那時我喜好閱讀台灣詩人羅智成的作品，尤其《寶寶之書》，進而以其創作形式寫了一百多首的短詩。剛開始當然是寫壞了許多，往往一張A4白

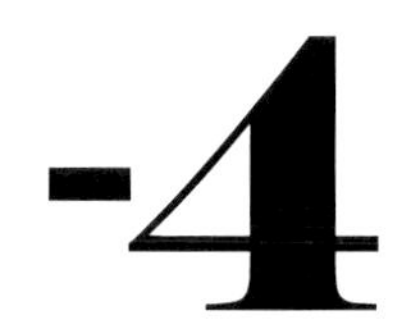

紙塗鴉下來，仔細挑選出幾首還可以的，最後就整理出《毛毛之書》。

「毛毛」是一個可愛的名稱，多半是屬於貓狗等寵物的暱稱。會把集子取名《毛毛之書》，純然是起初用一種好玩、愉悅的心情寫下那些不知如何定義之的文字。直到今天我仍然不想去判定她們是不是詩，因為就詩理論來講，她們是片斷的文句，沒有清楚可循的文學修辭、意象和意境，卻蘊含詩意般的情感與回憶。

我的感覺是這樣，她們更像是我詩意的棲居在台北的生活日記，有時寫在考試卷背後，有時寫在咖啡館的紙巾上，或者幾張印壞了的A4白紙，從圖書館的影印室撿來，就在館內神祕的塗寫。那是苦悶的尋找新知的年輕歲月，順其然的產生了一些呢喃，而抒發的文字卻叫人喜歡。

我知道在我之外也有著同我一樣苦悶的人，他們或許不擅長用文字去表達，但卻一直以來以各種盡可能的方式回應我，輕易的走進我的文字——無法防備的呢喃——

裡面，敲響文字發出節奏，手舞足蹈。

同時，這一百首呢喃也是寫給你／妳們的，好讓單調的生活有些異質的聲音，希望誘發更多美好的聯想，或許因此而引出一名未來的詩人。如此一來，寫詩是個人的，也是與大家一同遊戲的集體創作。

這樣，詩就更美了。我們，就更詩了。是不是——

二〇〇七年六月十六日

木焱

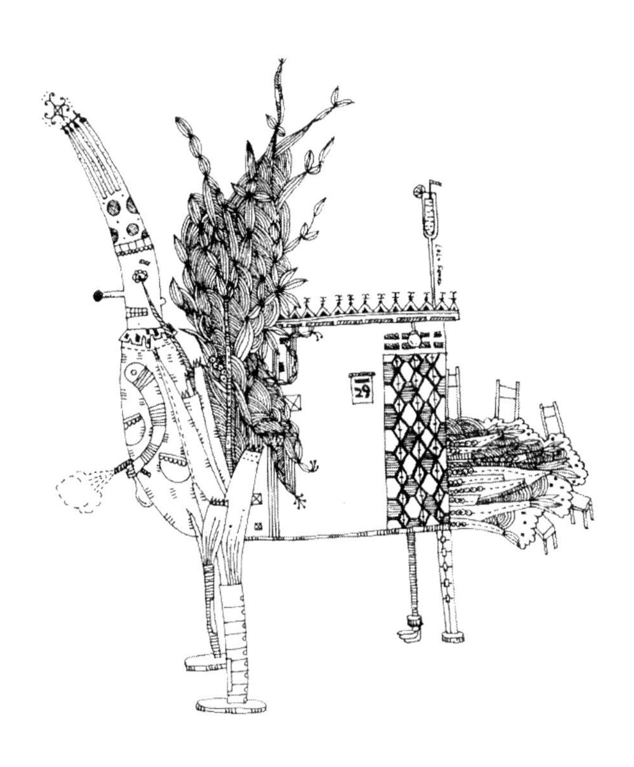

0

那些不喜歡讀詩的人，正在天堂裡睡覺。

1

翻開第二頁

第二頁將有你愛的人出現

不要管潦草的黑字與灰影的圖表

你的愛人就在左邊底下

等待你輕輕地一捻

2

我喜歡夜晚

那是選擇黑暗的一種方式

——一種消失

於是，妳的臉
變成為我的
世界開始不停地　下雨

4

首先， 加入一顆蛋

接著， 放進一片橘皮

最後， 倒入苦苦的黑茶

端出去， 讓前來尋樂的寂寞者

解解渴

5

醒來，做什麼？

一杯咖啡

一份早報

一聲問安　還有

一粒和太陽同樣漂亮的

荷包蛋

6

刻畫一杯咖啡

在清晨的甦醒

感覺

初待生命的溫暖

徘徊

在

夢中

詩是怎麼出生的

未斷臍帶之前

她是散文

他是小說

我們家是黃色的：

我們的桌子是黃色的

我們的頭髮是黃色的

我們的衣服我們的手

我們的臉是黃色的

黃色是遺忘的顏色

黃色是腥紅褪盡後的顏色

這種姿勢
我早已習慣
很久以前
很久以後
形容我厭倦
的一支脫毛水筆

你的心事那麼多
還未融化
就被螞蟻發現

11

生命有時可恥

想著死亡的美妙

卻天天餵食身體

強迫記憶

人們來回——

地獄當天堂

天堂當地獄

永遠碰不到魔鬼

的天使，就是魔鬼自己

12

我愛我的鬍子

我愛我的鬍子有臉，像

伐木人放棄的原始叢林

像地球娃娃初生的筍苗，像

三千煩惱白髮崇拜的偶像

像一名婦人手中的的掃帚

每天清除那些生長

傾軋可愛下巴的鬍子

刮去如處女的青春

13

摸一摸你的臉頰

終年茂密的灌木叢林

14

有一個地方叫豆腐岬

那山是豆腐作的

浪花是糖水

我航行至此

找尋最甜的那塊

16

我愛妳的床的被單下溫暖裡的小熊如天真的個性與我相投

我愛妳甜美的微笑如葡萄般迷人的舉止緊扣我不眠不休的想念

我愛妳歌聲裡的青春如野馬在原野上自由奔馳的赤裸速度

我愛妳詩裡那詩人的靈魂在菸與酒之間鑄下遺憾同我們的分手一樣

雨水是全場的聽眾
歌聲單調
謝幕時
有人把酒瓶摔碎在地上

17

你怎麼哭了

天空飄著你黃色的心情

快訴說你悲傷的原因

一望，千里都是灰白的景物

你始終靜默

大家都不敢靠近你了

一隻沉睡中的獸　在

反覆說著囈語的夢裡

而我，

把你黑色的言語一一抖落

在蒼白的大地上

劈啪作響

劈啪！

劈啪！

星期二殺死星期一

星期三殺死星期二

星期四殺死星期三

……

不停進行下去的

殺戮

一直到　禮拜

那天

它們看著我

我看著它們

它們愈來愈多

我漸漸渺小

書籤， 找不到位子插隊

以前沒有世界，
我們創造了世界。

以前沒有末日，
我們創造了末日。

電池耗盡體力
巴哈托著疲乏的音符
伸完懶腰，將腿
擱放在柔軟午後的
陽台上

黑幕未落盡
眾禽已飛
起——

可能妳走得倉促

連思念都還留在書扉裡

眼淚掛在空氣中

23

快樂的，憂鬱的，焦急的，安靜的

可能的，生氣的，變態的，慵懶的

自大的，氣餒的，雀躍的，想睡的

我最多最多記下來的形容詞

我最多最多複雜的情感

24

詩人經過人潮

人潮經過詩人

過去了……

25

我漏接了一整夜的夜
孤獨又繞了一圈
安全抵壘

26

你躍上夜的繩索
一個舞步跟隨一個音符
平衡　跳躍　墜回大地

我攔截最後一刻的清醒
當荷花還未卸妝
清晨六點鐘
走在帶點硝煙味的太陽下
追循　你
散落在我身上的種籽

27

我疲憊成一支桿
垂釣黑咖啡中
結晶的鑽石

妳睡著了
輕輕地呼氣
靜靜地被帶走

我的靈魂
此刻在外頭昇華

生活本來就是

一杯水

在晝夜間沾染熱鬧與孤寂

慢慢蒸發，慢慢感覺

汙染指數升高

前幾天傷寒的東海岸
夜夜撐燈照料下
好得爆出一窗真實春意

吵鬧突然變成靜夜

其實車輛還在忙碌

空氣聊著天

一些雜訊

感情　時間　影子

構成了這片空氣的內容

32

對於描繪的主題

我一向努力觀察

怎樣才叫「努力觀察」？

通常是撥開薄薄的美麗

不斷注視那個最醜的

34

他們說：「自殺只是我為了殉美而下的定義。」

點上一支蠟燭
在傷癒後的刀口上

他們嘲笑：「自殺是小丑用來丟擲觀眾的蛋糕而已。」

美術館展覽廳有多大？

至少站一個籃球場的距離

才把自己投進畫裡

沒有風，沒有雨，也沒有彩虹

我依舊在夢裡

36

寫詩就像穿著蛙鞋參加登山

寫詩就像穿著比基尼參加葬禮

37

我們獻出最後一晚的睡眠
收集所有的噩夢和美夢
吞下一整瓶安眠藥
跟上帝對抗到
世界末日
醒來

勞累了一天

喝口茶歇息一會兒吧！

闔上記憶體的眼睛

按摩發燒的熒幕

啊——

〔您現在可以放心關機〕

了

今晚我讀了幾首詩

那濕答答的時間

弄髒了第一行字

第二行開始敘寫的梅雨

就快下起來了

我忘記詩人的名字

不過我知道

第三行的故事有多麼遙遠

40

既然　要變輕

就給你　一顆鮮紅的蘋果

41

晨露有如妳，媽媽
太陽當烈，而妳
的乳汁
正豐。

42

偶爾，我升起船帆

拚命搖櫓卻不動

滿是夢和枕頭的床

43

噢！ 你是揀收我靈魂的使者
以及殘害我肉身的惡人
我在這裡
著一身美麗的光之衣
高歌
你

44

45

同步我們的憂愁同步

我們的憂愁同步我們的憂愁

我們的憂愁同步我們的憂愁

我們的憂愁同步嗎

就這樣結束了夏天

在我轉換電視頻道之刻　啞了

我把音響調到最大

誰知道

吵醒隔室的楓紅

看著他們哭笑走來

走去

46

我在妳如散文的身體發現詩的毛髮。

47

我留下，　我留下來看
妳給我的禮物
妳的禮物輕盈
妳的禮物沉重
輕盈的是妳自由的飛翔
沉重的是我執著的迷航

48

「終於，詩出來了，人們
卻忘記剛才反覆背誦了的問題。」

49

看到了吧
有一隻秋末的雄蟬在嘎嘎吟詩
然後選擇凝止
以最最輕盈的軀殼在椰影中搖曳

展開你白色的翅膀
推掉烏雲惡意的哀悼
星月都來調配一杯黑晶醉人的美酒
而且飲食的夜漿
連精靈都喜歡沉溺

這裡還有一扇新鮮
來靠近這邊
這邊有我
我是詩人

我們在沙漠上

飛翔。 飛翔是沙漠上的

黃風。 黃風是沙漠上的

沙子。 沙子是沙漠上的

沙漠上的永遠是沙漠的

我們踩著白色天空

經過

以前的天空是什麼顏色的

52

J，妳聽過潺潺河流的聲音嗎

昨晚妳為我放洗澡水之後

我躺在浴缸裡將我們住

的城市想像成一座森林

一天醒來，傷痛也來了

衣服流血，筆記本上的血跡

咖啡是紅的

雖然眼睛已經瞎了

紅色的液體

在腦中流著

流到黑白電視上

接吻的情侶

早上醒來穿著衣服

帽子不見了

童年也不見了

你屬人
你性草

你屬人
你性煙

你屬人
你性風

你屬人
你性火

你屬人
你性人

血是那麼地簡單

為了自由

我打開了傷口

當「戰爭」還未發展出詩

我拿著刺刀

在你身上　寫　　字

「我的傷永遠不會痊癒」

槍彈射穿這句話

小孩在撿拾彈殼時

聽見：

…媽…………

………………

…………媽…

自腐爛的戰地。

剜去妳的眼珠

予自己更明亮的天空

若烏雲來了

請假裝黑夜

若星兒出現

請假裝是妳

不捨丟棄的　眼　淚

割開冰封的句子
那一連串流動的詩意裡面
游著好多古早的意象
哺乳類，溫血，長毛
我忘了何時垂釣
星辰不停倒逆
只覺得年輕的詩句真好
這個時候
妳領航的鯨群
帶來豐碩的骨架
用力泅進我釣鉤上的詩冊
而激情總是擱淺
留下一顆未成形的鹽粒

我們嘗試把時間修好，

只為了聽到鐘聲響亮。

如何在天堂裡睜開眼睛
你想著——

他們還在拍攝
光亮的片斷

不可能沒有一種憂傷
是神吃了不會死的。

我們不斷以詩
實驗

在炎熱無事的星期三中午
草露自然滅絕
沁出欲望，在發燒的身體上
滴落
留在太陽的影子底下

宴會裡

笑聲

親吻的酒杯

水晶燈下

被侍者認出來的

ABCDEFGH我JKLMNOPQRSTUVWXYZ

我化為細菌成為你病弱意象。

67

向日葵當然是象徵，妳手中的

玫瑰也是，和我們共養的花園，同時

病了

螞蟻在氤氳的午間趕路

走在遙遠廣袤的書桌上面

經過摩天大樓的衣櫃

在客廳轉角

歎了一聲

人走了

枕頭等待新的溫暖

紙張要呼吸

塵落下

發酵，為妳

70

暗夜，

不要偷走我的生命

我的軀殼給你

我的生命是

唯一的

要留下來。

暗夜，

你也曾擁有的生命

輸給了白晝

你的黑節節敗退

白晝卻牢牢地在

輕敲藍天

向這世界閃耀。

我將告訴你

我的生命要給誰？

晨露知道了

晚風知道了

我，很想編造一首詩

可以哄妳入睡

它要像歌曲那麼好聽

要比玫瑰還好看

而也有一種永恆

塑膠不會分解的

幾千年都不能腐化

卻在妳心中融掉

72

輕敲藍天

站在屋瓦上高喊

躺在葉片上反射

一日的光陰

73

生活需要改變

我們擎起藍天去海邊

數著夢中逃逸的羊只

一樣在邊界跳躍

一樣被絆倒

或跌倒在線後面的空間

蒼白的面有一隻海鷗

憂鬱的面有一尾藍鯨

「第三面必須改變」

點對線說；線對面說；面對我說。

74

你保持沉默

沉默是好的

你無須開口

你閉起眼

突然光束

來了

——接駁到你的口上

J，你說

寫去的信

收到的信

太多……

多到好像在談戀愛了。

飛機在妳輕柔的歌聲中穿過

變成一艘航向歡樂世界的船

就這樣吧！

幾個小孩爬上了樹

數著地上的枯葉

幾個小孩又爬上了樹

數著地上的枯葉

剩下的小孩站在地上

數著樹上的小孩

數著數著也爬上了樹

78

在這沒有人的地方
連樹葉都是金屬打造的
陽光很冰冷
湖泊的水銀面升高
風扇的風已然減弱
影子隨著日光漲潮
這個城市卵生
壓力使我復生
我是不存在的存在
存在只為了存在的
存在

那是被圍困的星光
很小很小的一小顆

那是陣勢強悍的雲層
一漚而遲遲不墜落
一滴甚麼

午睡時候
枕頭長出一個被雨淋溼的夢

這頭的香菸
與那頭的香菸
纏綿著

屍體躺在菸灰缸
愛人待會兒
就衝到水溝裡

有一天
她會回過頭來
堵塞你的生活

停下來，抽根菸

一杯咖啡，一首歌

停下來，

用你的心跳好好的

享用這些

82

我在咖啡館想著
陽光出現在玻璃杯中
它的靈魂閃爍
外面的空氣突然爆裂
放出一個個人偶……

給我盡量高音之高音，
從迷你的播唱機。

給我盡量低音之低音
從死亡中把我驚醒。

84

J，我所愛的J，給妳我的抱

給妳我的吻，給妳我的夢

J，我所愛的J，借借妳的肩

借借妳的髮，借借妳的唇

期限到了，我當還妳

若是遺失，J

正因為我太貪心了

請不要大聲喧嘩

我們正要經過一位防腐了的詩人

之前，他或許是一名農夫

每天辛勤耕種他的太陽

某一天，他驚異於一粒月亮

泛白垂掛在雲的肢體上

於是，他知道

這個世界將有詩

這個世界將有詩人

86

我的心
搶先我的腳步
被庸俗的忙碌
絆倒

電插頭拔掉

世界停止

在　一片明亮中

愛ㄞˋ（　　）。（　　）覺ㄐㄩㄝˊ　。（　　）失ㄕ

（　　）吻ㄨㄣˇ　。（　　）夢ㄇㄥˋ　。（血ㄒㄧㄝˇ）流ㄌㄧㄡˊ

（進ㄐㄧㄣˋ）入ㄖㄨˋ　。　驚ㄐㄧㄥ（　　）。　死ㄙˇ　亡ㄨㄤˊ

89

我在公元3000年的

水族箱內養一條

〔螢幕保護程式〕的金魚

給妳一片葉綠素

給妳一束光

給妳一整個大西洋的風

好啦，換妳

給我甚麼？

我停駐過的夢

有些飛走了， 有些重重地

掉進湖裡

我們坐在一座森林裡

森林裡有樹，有花，有草

有一隻老虎，有一群鳥雀，有一束

陽光，一閃

挪威森林的

老闆站在我們面前

我們都坐在椅子上

坐在我們旁邊的

是一群打領帶的猴子，許多年以後

也學會坐在椅子上，說：

「我們的森林多漂亮！」

於是，王子與公主

過著白天做工

晚上做愛

的生活

停下你的腳步，問一問影子

他要去哪裡？ 你要去哪裡？

海風很冷吧？

海水很鹹吧？

海浪很凶嗎？

海鷗自由嗎？

椰樹生病了嗎？

我生病了？

只是心情不好。

暗室是有生命的

他的呼吸來自黑暗

偶爾閃過的車燈

是

他的

眼淚

97

寂寞的暗室有許多影子

我們無法一一品嚐

重疊、 扭曲、 長大、 壓擠

它們是無法開口的

說話的人之剪影

站在昏黃的燈泡下

拖出一堆錯綜糾結的

孩子

開盞燈吧！

才可以照亮，

我為妳下了一整片雪地。

如果

1天有100小時

1小時有100分鐘

1分鐘有100秒

60秒還好

60分鐘也不壞

24小時，就太遜了

100

12
円

附錄一

我是一件活著的作品

——木焱訪談錄

（轉載自星洲日報二〇〇七年十月十一日閱讀周報。）

問01：你在《毛毛之書》的〈前言〉中提到，這本短詩結集「更像是我詩意的棲居在台北的生活日記」。你也說：「我知道在我之外也有著同我一樣苦悶的人，他們或許不擅用文字去表達，但卻一直以來以各種可能的方式回應著我，輕易的走進我的文字」。能不能為那些或許是首次接觸到你這些短詩的讀者們，清楚勾勒你這次欲與他們對話的一個具體面向？

木焱：生活中充滿著驚異的事件，那些往往發生在感官之外與之前的細節，總是被生活中的種種事物給掩蓋而不斷被壓在底部。

那些載有許多生命象徵的事件，以詩意般的姿態出現在生活中，尤其苦悶和寂寞的時刻，也同時是靈光一閃的時刻。

這些斷章／短句，就是靈光的再現與生活雜念之擷取，並在兩者之間碰撞出更多支微末節，是我與大家互動下的成果，也就是與大家**生活對話**的橋樑。

這本詩集是寫給大家的。

問02：你提到了生活。我主觀地認為，你是同輩馬華詩人當中，最致力於將生活詩化的人之一。詩創作在這個時代已非一種時尚。我們的上一輩或許有北島作為偶像，而且每個詩人都是憤怒青年。面對一代人的迷惘與激情，詩歌往往扮演啟蒙者——詩人都是貴族、都是當之無愧的社會菁英。然而到了現在——除了詩人——許多人都把詩扔掉了。你確定生活裡仍需要詩？你又如何看待自己在這個文壇裡的角色？

木焱：我相信在同輩的馬華詩人群中，都會或都想嘗試去書寫生活，不管書寫的體例是詩、散文、小說。大家在各自的生活領域裡，在不同的成長時期，或多或少用上親身經歷的事件來當題材。生活是一個取之不盡的故事來源，也是我汲取靈感的地方，而完成的作品，既是對自我內省的成果，也是回應著**對抗生活**的成果。無論在任何時代，任何的創作形式都在做同樣一件事，就是回應生活、對抗生活、反映生活、提升生活。生活對一個創作者來說是兩面鏡，一面照現真實，一面照現幻象；有時它會讓人感覺既真實又虛幻……不同的詮釋／體會就造成不同的藝術表現，但其根本的東西是來自於這面鏡子，也就是生活（我還沒準備進入「無」的狀況）。

生活就是一首生命之詩，有些藝術家他的生活就是一件作品。我曾在《有本詩集》裡發表〈我是一件活著的作品〉，我最好的詩還沒出現，因為我才走了三分之一的人生，我的人生即是我的作品。

我發覺，在大馬的創作，如果要有其存在價值的話，一定要先讓人讀得懂。後來我嘗試把詩作傾向生活化的語言，我在〈新山〉和〈甘榜不見了〉做了這樣的嘗試。這樣並沒有降低詩歌的可讀性，相反的他得到了共鳴，這樣人們才不會把詩扔掉。所以，我應該是把詩歌語言生活化多過把生活詩化了。

我曾在友人的部落格留言，形容自己是一隻鴿子（更多人知道的是那隻鷹）。我住的大樓，每天清晨和傍晚，都會有一群賽鴿出籠在大樓之間飛繞，它們飛得極好看，有時候看得太入神，會以為自己在翱翔。而我希望同它們一起，可是我卻有自己的飛行方向和美感追求。所以，我在馬華文壇的角色是一個欣賞者。

問03：身上充滿詩意，而生命就是一首詩——所以，你亦是一名「行吟詩人」。詩只是文本之一，卻得到過超乎所有文體之上的青眼相加。作為詩人，當我們把一個精神上的產品拿出來時，那必須就是一個成品。而大眾對詩人的理解，也要上一個新台階才行。他們對詩的想像，常不經意地流於太片面，甚至導致「閱讀詩」這個動作的倒退，看不到所謂的「好詩」就容易急躁。

本地讀者對新詩的刻板印象似乎停留在「鬱悶的喧囂」。在大馬，沒有老師會因為自己的學生嘗試寫了一首（即使生澀的）詩而稱讚他；沒有人會帶著自己寫好的詩（或喜歡的詩）去見老朋友——沒有太多例子可以佐證新詩在這個國度的價值——而你仍堅持創作詩，努力不懈地。對於自己赤裸裸的追求，你的勇敢來自哪裡？而你對這些執迷不悟的老師們與羞澀的生活詩人們有什麼建議？

木焱：我也許正如你說的是一名「行吟詩人」，將生命視為一首有待完成的詩。如果回溯到我的少年時期，我那時是嚮往藝術的，而在我的刻板印象中搞藝術就非得拿畫筆。後來這樣的想法漸漸打開，我發現可以使用有限的、身邊的素材去進行創作，所以文字變成我的媒材，詩變成我呈現的藝術風格。那時候，我比較沉浸於想當個藝術家，以致我的詩作是放蕩不羈的，因為我創作的依循是美學，是現代藝術理論，所以我不覺得寫詩有什麼困難，難的是要怎麼把心中的想法呈現出來。

當我比較深入去了解詩之後，我發現**詩更多要表現的是一種精神、一種信念**。這種精神和信念是每一件藝術作品都應該蘊含的，這樣才會有生命。所以我把寫詩當作是我修習信念，發展深邃思想的路徑，祂會引領我去到那個美好的地方。我不再執著於藝術家的稱號，詩人也好小說家也好，那只是角色的切換，真正是要提升自己，昇華生命的。詩人若不寫詩，他可以做更多事，例如幫助別人、教育別人，一樣可以提升自己。如此，我對詩赤裸裸的追求，即是信念的堅持，也是理想的達至。

我反問你，在一生之中最想留下來的東西是什麼？會是詩嗎？還是名？是照片？還是人們的回憶？或是財富——我覺得是**感情和感動**。

問04：在《毛毛之書》裡，你在詩中所碰觸到的「場景」（例如「天堂」與「地獄」、「原野」與「陽台」、「美術館展覽廳」與「籃球場」、「沙漠」與「天空」等等），看起來更像是從生活中轉換過來的一個意象經營的想像。我以為「地點感」並非你在這本詩集裡欲突出的主旨。「發生詩的地點」對你的創作究竟起了什麼具體作用？

木焱：上面列舉的地點，只有美術館是曾經「**發生詩的地點**」，其他都是不著邊際的想像，但是也並非完全遙不可及，除了「天堂」與「地獄」。

在台北念書時，我有機會去各類畫廊、美術館、博物館看展覽，而台北市立美術館是我最常去的地方（今天就去看了Lee Yanor的影像作品和鄧南光的攝影展）。那段二十幾歲的時光，我接受大量來自藝術作品的衝擊，尤其義大利戰後出現的質樸藝術

（包含COBRA畫派）和一九九八年的台北雙年展〈慾望場域〉。你可以在同一個時間同一個地點，看到、感受到來自不同生活領域的藝術家，把他們不同時期的思想結晶好好地擺在你面前。那是個充滿**詩意的場所**，靈感四處迸發的地點。可是當你回到自己的起居室，沒有了這些藝術，你要去哪裡發掘藝術，找尋詩意？你非得要進入正常的生活軌道，在流動的時光中，在某個地點撿拾被你發現的一個想法、一枚靈感。而你是賦予那個地點以詩意的人，沒有你，那個地點就沒有詩意了。

在新山，一再被我賦予過詩意的咖啡

館都一一關閉了，每次的回家要再花好多時間尋找詩意的地點。**寫詩可以很快，但是尋找「發生詩的地點」很難，很慢。**

問05：你與同輩詩人有一個相當明顯的不同（至少，以這本詩集裡的作品表現來看）。當大家都在趕著潮流書寫我們看似厚重的「童年回憶」（而我們的上一輩作家則一窩蜂地梳理「南洋記憶」）——「南洋」是不死的原鄉，「童年」是停格的時光。這類題材你卻都不太熱衷。為什麼？

木焱：開個玩笑話，書寫「童年回憶」是因為長不大，書寫「南洋記憶」是放不下（都已經告別了，還耿耿於懷）。

創作者當然會挑選切身的題材來進行書寫，自己比較能掌握，寫起來比較輕鬆自在。這表示南洋和童年對他們是有著深厚的意義。

我對自己的創作有一項小要求，即是人家寫過的東西我不寫，我排斥重複。除非這個重複是有必要的重複，比如這本詩集就是必要重複羅智成的《寶寶之書》，那種**唯美是需要延續下去的**，所以我破例「重複」了（可參考我對「重複」的美學觀）。

而我的切身題材就是每天在我身邊所

發生的事情，那些訊息萬變，抓都抓不住，停都停不下來的事物變化，提供了我寫也寫不完的題材。

問06：許多人習慣通過歷史經驗與個人經驗來深化「感覺結構」的書寫，馬華作家的情況尤其明顯。許多馬華作品總需要逃過眾多評論人抽絲剝繭地檢驗，才能享受到「自由」（如果還算「自由」的話）。作為一個創作者，你會對自己的作品可能遭受的評價有不安全感嗎？而你會討厭解釋自己的詩嗎？或希望看的人自己去做功課搞清楚？

木焱：沒有這個問題。**藝術形式是可以被檢視，可以拿來討論的東西**。你可以不認同或不喜歡我的表現方式，如果有機會我希望向你解釋為什麼要用這樣的方式來呈現這個主題。所以我很樂意向大家解釋自己的詩，我更高興大家來解釋我的詩。

其他如書寫背後的情感與用意，我覺得是比較不可討論的東西，屬於比較私密的。這個部分通常是連創作者都很難去釐清的，何況是讀者。

問07：最後，要問你兩道與《毛毛之書》無關的問題。

你已定居台北，對於自己家鄉一眾寫詩的朋友們，你有什麼話想對他們說？再來，對目前仍處於蟄伏期的八字輩創作族群，你對他們可有什麼美好的寄望？在世代並置的互動中，我總覺得，你對後輩抱持相當程度的美好想望。

木焱：我最初是在網路bbs上面創作貼文。在bbs認識很多寫詩的朋友，彼此切磋學習，讓我很快就掌握詩的語言。後來他們返馬生活，與在馬的創作者融合，變成了在地的馬華作家群，不乏在平媒發表的機會。不過，我還想望著當初我們一起創作的那段時日，大家的創造性相互激盪出許多精采的詩篇，也在批評聲浪中得到正面的指點。可是當大家越寫越「成熟」之後，我發覺創造性沒有了，對詩的探索也沒有了。反而是不斷去尋找自己的根，去書寫自己身分的認同。這樣固然好，但除卻尋根的文學之旅，**詩歌還有許多有待挖掘、展開的地方**。傳統有其價值，我們應當吸取；但是如果一直走不出舊有的概念（跨越不了問題），我們創作的永遠是在重複過去（的藝術形式和意義）。所以，我寄望八字輩的創作者可以擺脫掉這種自我設限，可以從前輩的書寫當中很快找到自我身分的認同（或許八字輩根本沒有這個存在問題），用更多的力量去開創詩歌「新浪潮」。

我們需要一個更開放的討論空間，不分國籍、不分輩分地對詩歌進行更多可能的試驗，為馬華詩歌注入生機。

附錄二

晃漾的年代

——讀木焱與詩

◆楊邦尼

很幸運，當年念台大化工系的木焱，因為分數未達標準沒有轉系成功進入「中文系」，就像當年念哲學系的簡媜在後來的散文中「悔憶」轉入中文系那樣，中文系「不鼓勵」現代文學創作，更不是作家的溫床，還可能是「墳塚」！

錯過了中文系，木焱發瘋的在誠品抄寫詩集，參加文藝營，在台北、網路上和新世代的詩人串聯，前衛行動派的，在公館地下人行道販賣自印的詩集，一副波西米亞晃蕩的模樣，有別於他的留台學長們紛紛進駐台灣大專院校「反攻」在大馬本土的馬華文學。甩掉了念中文系的包袱，木焱沒有像前輩們對馬華文學的「革命情操」，他無疑更像嗑了藥的詩人，他寫詩，不問大敘事。

★一、〈2〉：青春的獨白

〈2〉是木焱參加1998年聯合文藝營新詩首獎，同時入選該年度詩選，在幾近散文的詩行中，和早已成名的陳大為的詩路截然不同。沒有精心刻意雕鑿的痕跡、設計、後設，在散漫無結構的詩體中，以2貫之。數字的2是實數也是虛數，它首先指向即將22歲的詩人，一方面是告別2，同時又迎向

2的到來。詩人在2上把玩，加減、乘除，歲數的2成了數學方程式的2：微積分。在2中成了反復出現令詩人焦慮、難解的數學題。詩人把他和讀者帶到考場，面對數字和公式，彷彿掉入一個機關重重的數學桎梏，別人都已經離開了的現場，留下詩人獨自面對：

我要在一堆2中尋找我的歲數，
我的分數，我的時間，我的睡眠，
我的學分，是很難的，我微積分又
不好，一堆2總有的面積，很難講，
很難解釋，雨滴的體積也是，我是
交卷了，鐘也敲了，同學也走了

〈2〉詩中除了反復出現2的變形，它和一般得獎的詩最大的不同，我認為是它散文化的句子，無怪乎它後來成為青年學子朗讀傳誦的一首詩。現代詩幾乎是不可讀的（它不重聽覺性），更重的是看（視覺閱讀），這是當代中文詩的困境。詩，幾乎就是「紙上作業」了。

再重讀〈2〉時，會微微顫動的，彷彿一個嶙峋文藝青年躑躅在被遺棄的考場上，詩人一再強調他的微積分、物理、數學不好，這裡有一種叛逃的意象，整首詩讀下來，微積分代表的工具盲目理性，甚至是冷酷的，恰恰和詩，感性的，個人的，形成對比衝突。那麼寫詩，或藉著詩，是不是就可以擺脫那個考試的夢魘呢：

我就是不學無術的小子，甚麼都不懂
連最簡單的微積分都不懂，
還有甚麼比這個更糟的，
明天就要考試了，我的課本，
我的習題，我的考卷，都有2，

顯然沒有，寫詩非但沒有令詩人（考生）的焦慮減輕，它反而把詩人帶到更深的深淵：

等著我去挖掘，我的生日蠟燭也在燒，
沒有理由地還要燒下去，
一直燒到地下室，

動到泥土，燒下去，

動到泉水，一直到地核

這首「自傳體」的長詩，從開始到結束有種「晃漾」的姿態，它忽而這樣，忽而那樣，忽而又回到原先的點（一種螺旋前進），這個點又不全然是「原點」，而是經過了迴旋後的重複。所以它幾乎找不出一條閱讀的結構，它沒有結構，沒有結構的結構。

詩中有一種單人劇的效果，腦子裡浮現一個詩人（考生）在舞台（考場）的喃喃自語，在自語叨叨絮絮中產生戲劇的獨白。我覺得，可以把它「改編」為舞台劇。

★二、《毛毛之書》：詩人的塗鴉簿或自畫像

《毛毛之書》的書寫年代和〈2〉的年代大致相同，約在詩人20出頭的年齡，黃錦樹說的「文藝青年」的歲數，如果說〈2〉是詩人在詩意（失意）長久的一種蓄積後的書寫，一次長篇的告別2的年代，那麼在《毛》中，我們就可以清晰的看到一位（前）詩人的練習發聲的軌跡。

《毛》詩中的100首詩，就詩的「質地」，它的本質就是詩，與其說它是一首，更多時候它是「一句」詩：

8

詩是怎麼出生的

未斷臍帶之前

她是散文

他是小說

28

我疲憊成一支桿

垂釣黑咖啡中

結晶的鑽石

88

午睡時候

枕頭長出一個被雨淋溼的夢

詩短而小，卻是一個自足的宇宙。它有一種內在的張力，衝突，圓滿，和戲劇效果。如果說現代詩叫讀者望而生畏，不忍卒讀，我覺得導引讀者從短詩入手，那裡有讀不盡而令人回味的詩意（失意）。

《毛》詩中其實沒有什麼宏偉的寫作計劃，正如詩人的自白說的，他隨意的寫在紙上，我想起和陳大為的寫作策略可以作為一個差異的對比。陳說過，他最不會寫小詩，擅長寫結構嚴謹設計過的長詩，這裡頭沒有誰優誰劣的比較，而是各自服膺的美學不同而已。

回到中國詩歌的傳統，中國詩人向來就

是以小詩見長，比如絕句，短則20字，律詩，長則不過56個。因為字數太少，不擅敘事，是以情感為依歸，以瞬間的凝凍（靈動）為捕捉對象，這正是小詩的動人處。長詩讀起來，處處是設計和險境，不是中國詩歌的特色。用羅蘭•巴特的話來說：「不連續性的和片段性的寫作風格」。我們可以用這樣的方式來閱讀《毛》詩：「我享受的不是它的內容，甚至不是它的結構，而是我加在光潔表面上的擦痕：我快速前行，我省略，我尋找，我再次沉入。」

可是，在散漫無理的100首中，有些意象不自覺的跳出來，或反復出現在詩的前沿，或是在塗塗寫寫的過程中竟也畫出一個自畫像來，《毛》中的關鍵意象：詩與詩人。會把自己稱為詩人的人，就是很不一樣，我就從不敢自謂為詩人。

1

那些不喜歡讀詩的人，正在天堂裡睡覺。

16

我愛妳詩裡那詩人的靈魂在煙與酒之間

鑄下遺憾同我們的分手一樣

25

詩人經過人潮

人潮經過詩人

過去了……

37

寫詩就像穿著蛙鞋參加登山

寫詩就像穿著比基尼參加葬禮

47

我在妳如散文的身體發現詩的毛髮。

49

「終於，詩出來了，人們

　卻忘記剛才反覆背誦了的問題。」

50

這裡還有一扇新鮮

來靠近這邊

這邊有我

我是詩人

58

當「戰爭」還未發展出詩

我拿著刺刀

在你身上　寫　　字

64

不可能沒有一種憂傷

是神吃了不會死的。

我們不斷以詩

實驗

72

我，很想編造一首詩

可以哄你入睡

86

請不要大聲喧嘩

我們正要經過一位防腐了的詩人

在《毛》中我們看見一個文藝青年矇矇朧朧的在紙上塗鴉，或靈機一動的寫下，我們窺見一個詩人的養成過程，有些是「天生」的詩人，比如楊牧，有些是環境促發的，有些是自覺的，不知不覺，後知後覺。《毛》詩中的「詩」和「詩人」我們可以等同現實中那個提筆寫詩的木焱，他牙牙學語，沒有學院化的教條，要如何字字飽含珠璣，如果是的話，就不成《毛毛之書》了。

它有一種柔軟的質地，或有台灣詩人的影子，巴特說的「語言的回音聲」，比如：羅智成的《寶寶之書》，夏宇，夐紅。這本無可厚非，《毛毛之書》的雛形就是在當初的塗鴉之作，沒有嘔心瀝血，民族大義。它反而接近詩的核心，探索，遊走。沒有目的寫作的詩，詩就自由了。

★三、創作的神思：詩人與鷹

詩人與詩的核心一直盤旋在木焱的書寫創作中，直到我們讀到〈詩人與鷹〉：

當天際充滿想像

我的翅膀躍躍欲試

不為躲藏的獵物

我的俯視是放大它們的恐懼

我盤旋在溫和的氣流下

曬著太陽

不為一天初啟的溫飽

我喜歡這種速度與高度

與地面若即若離

一名住家中的詩人發現我

一幅自然風景畫中翱翔的

鷹　　我不疾不徐地飛離藍色畫框

離開他對這幅畫的思考

希望他不要誤解

我不是一塊好看的顏料

我有我的流動方向和美感追尋

這會兒松鼠跑進來偷吃花果

樹梢與光劍創造出輝煌騷動

我們早已習慣不期而遇，在光芒下

不思慮當即的外表——不噴香水

不打領帶、不修飾羽毛、不耍特技降落

當我飛過一隻靠絲網旅行的空中蜘蛛

復又飛回詩人的藍色憂鬱畫框

他始終沒有變動注視的角度與神貌

彷彿他才是一抹美麗耐看的顏料

希望他能夠看見

我持續自由自在地盤旋

與他成為永恆

對望

詩中的敘述者：我、鷹、畫框中的鷹（畫作）和詩人的創作在這裡融為一體，當中有疏離又有結合，而鷹和詩人的對望呈現視角的互換，翺翔的鷹成為創作藝術的隱喻，它本身就是藝術，是詩人創作之物，慾望的投射，更是美的追求。鷹的形象也是詩人和藝術創作最佳的詮釋，它睥睨萬物，它鳥瞰獵物，它孤傲，它挺立，我們可以和楊牧的《亭午之鷹》互讀，木焱詩中的鷹一方面是詩人畫中的鷹，這只鷹又不甘做一隻畫中之鷹，而飛出畫框。也可以把它讀成是所有詩人創作者的精神宿命，一旦作品完成，作品又不屬於作者，文字本身自成生命，飛出作者原來的設想。所有創作的神思不也如此嗎？

★小結：流動的吉光片語

木焱是善於寫小詩的，《毛毛之書》、《祕密寫詩》或《帶著里爾克的肖像流浪》這些都是小詩，它沒有長篇的議論敘事。我們在瞬間的寫作中，用木焱喜歡的字眼叫「靈光」，那是班雅明一生追想的美好國度。詩之國度。

木焱的詩，他的半（偽）自傳，他毫無隱匿的把前半生寫成了《年代》，讀詩，或寫詩，我們總要寫得很隱諱，張錯說的，詩是隱藏的藝術。木焱的詩美學卻不加以隱藏，他不斷把自己暴露在他的讀者面前。詩是誠實而裸露的。這和詩的隱藏形成截然不同的審美趣味。

　　對於一個正在進行寫作中的詩人，文字的靈光晃漾，我知道那就是詩。

讀詩人95　PG1634

毛毛之書

作　　者　　木　焱
插圖繪者　　抽屜小姐
責任編輯　　辛秉學
圖文排版　　周妤靜
封面設計　　蔡瑋筠

出版策劃　　釀出版
製作發行　　秀威資訊科技股份有限公司
114 台北市內湖區瑞光路76巷65號1樓
電話：+886-2-2796-3638　傳真：+886-2-2796-1377
服務信箱：service@showwe.com.tw
http://www.showwe.com.tw
郵政劃撥　　19563868　戶名：秀威資訊科技股份有限公司
展售門市　　國家書店【松江門市】
104 台北市中山區松江路209號1樓
電話：+886-2-2518-0207　傳真：+886-2-2518-0778
網路訂購　　秀威網路書店：http://www.bodbooks.com.tw
國家網路書店：http://www.govbooks.com.tw
法律顧問　　毛國樑　律師
總 經 銷　　聯合發行股份有限公司
231新北市新店區寶橋路235巷6弄6號4F
電話：+886-2-2917-8022　傳真：+886-2-2915-6275

出版日期　　2016年12月　BOD一版
定　　價　　250元

國家圖書館出版品預行編目

毛毛之書 / 木焱著. -- 一版. -- 臺北市：釀出版, 2016.12

面； 公分. -- (釀詩人 ; 95)

BOD版

ISBN 978-986-445-147-0(平裝)

851.486 105015967

讀者回函卡

感謝您購買本書，為提升服務品質，請填妥以下資料，將讀者回函卡直接寄回或傳真本公司，收到您的寶貴意見後，我們會收藏記錄及檢討，謝謝！

如您需要了解本公司最新出版書目、購書優惠或企劃活動，歡迎您上網查詢或下載相關資料：http:// www.showwe.com.tw

您購買的書名：________________________________

出生日期：________年________月________日

學歷：□高中（含）以下　□大專　□研究所（含）以上

職業：□製造業　□金融業　□資訊業　□軍警　□傳播業　□自由業

□服務業　□公務員　□教職　□學生　□家管　□其它_____

購書地點：□網路書店　□實體書店　□書展　□郵購　□贈閱　□其他

您從何得知本書的消息？

□網路書店　□實體書店　□網路搜尋　□電子報　□書訊　□雜誌

□傳播媒體　□親友推薦　□網站推薦　□部落格　□其他__________

您對本書的評價：（請填代號　1.非常滿意　2.滿意　3.尚可　4.再改進）

封面設計____　版面編排____　內容____　文／譯筆____　價格____

讀完書後您覺得：

□很有收穫　□有收穫　□收穫不多　□沒收穫

對我們的建議：________________________________

____

____

____

請貼
郵票

11466
台北市內湖區瑞光路 76 巷 65 號 1 樓
秀威資訊科技股份有限公司 收
BOD 數位出版事業部

（請沿線對折寄回，謝謝！）

姓　　名：__________ 年齡：______ 性別：□女 □男

郵遞區號：□□□□□

地　　址：__________

聯絡電話：(日) __________ (夜) __________

E-mail：__________